Bibliotecaria Submisa

e outras historias

Erika Sanders

ERIKA SANDERS

Bibliotecaria Submisa e outras historias

Erika Sanders
Serie
Dominación e submisión erótica

Sinopse

Bibliotecaria Submisa é unha novela con forte contido erótico BDSM e, á súa vez, unha nova novela pertencente á colección Erotic Domination, unha serie de novelas con alto contido BDSM romántico e erótico.

(Todos os personaxes teñen 18 anos ou máis)

Nota sobre a autora:

Erika Sanders é unha coñecida escritora internacional, traducida a máis de vinte idiomas, que asina co seu apelido de solteira os seus escritos máis eróticos, lonxe da súa prosa habitual.

Índice:

BIBLIOTECARIA SUBMISA E OUTRAS HISTORIAS
ERIKA SANDERS

BIBLIOTECARIA SUBMISA

"Señorita, sería tan amable de mostrarme onde están os libros eróticos?" dixo unha voz masculina detrás de min.

Conxelei, os dedos fixados no teclado do meu ordenador.

Por un momento, pechei os ollos e traguei.

Sentín que os músculos inferiores dentro de min se apertaban.

Sentín que os meus pezones se endurecían contra o satén do meu sutiã.

Non eran as súas palabras, era a súa voz.

Iso foi o que me fixo.

Seguín escoitándoo aínda agora que calara, e espertou en min o desexo da liberación tan necesaria.

Foi moi suave.

Como trufas de chocolate branco, a miña panacea, esvarando pola miña gorxa.

Profundo, como cando eu...

Inspirei, soltando lentamente a respiración, os dedos enroscados agora mentres tentaba manter o equilibrio.

"Estaría encantado de axudarche, señor".

Soltei un suspiro suave pero audible e un xemido inconfundible.

Cando me dei a volta, escoitei a miña propia respiración aguda.

Estaba de pé ao outro lado da recepción, aínda con lentes de sol, e os seus beizos firmes tremían lixeiramente.

Decateime de que quería sorrir.

Tracei as liñas do seu bigote vermello e da perilla cos meus ollos, coa lingua saíndo para lamberme o beizo inferior aínda que tentaba resistir o movemento.

"Os libros eróticos, señorita?"

Levantei os ollos, imaxinando que ideas corrían pola súa cabeza.

"Si, señor, por aquí".

Andei arredor do mostrador, tremendome un pouco os xeonllos.

Parei para recuperar o equilibrio, maldicindome por levar hoxe os tacóns negros.

Serían un inferno baixar as escaleiras do piso inferior.

Sentín a calor do seu corpo detrás de min mentres camiñabamos cara á sección de referencia.

Tiven as mans fixas aos meus lados, querendo chegar a el.

Querendo estar no meu lugar lexítimo detrás del, deixando que me guíe.

Pero mantiven a miña compostura profesional e comecei a abrirnos camiño polos andeis das enciclopedias.

"Primeiro as mulleres", dixo unha vez que chegamos á entrada que conducía ao piso de abaixo.

Puxen os ollos, sabendo que non os podía ver.

Pero unha parte de min desexaría que o fixera.

Reprimín unha risita e agarrei o pasamáns, comezando o lento descenso.

Podería ser unha rapaza mala cando quixese.

"¿Había algo especial que estaba a buscar, señor?"

"A sección de romance erótico. Escribín o nome que busco nun anaco de papel. A ver se o atopo".

Chegamos ao fondo sen accidentes, aínda que o meu talón atrapara dúas veces o bordo dos estreitos chanzos metálicos.

"Novos ou usados, señor? O resto dos novos libros en rústica tamén están almacenados aquí. Só os gardamos enriba un par de meses".

"Novo, mellor".

"Entón teriamos que ir por aquí", dixen, xirando á esquerda e dirixíndome por un corredor pouco iluminado, o meu ritmo cardíaco aumentando a cada paso.

A súa respiración fíxose máis pesada mentres me seguía.

Os nosos zapatos picaban no chan do soto, o son amortiguado polos andeis dos libros que nos rodeaban.

Enriba de nós, unha luz zumbaba e parpadeaba.

Fixen unha nota mental para informar da lámpada defectuosa.

"Como se chamaba o libro?"

"Parece que non atopo a miña nota. Pero o autor empezou por E e apelido Sanders, Erika? Sabería o título se o vira".

Sinallei un conxunto de estantes ao outro lado da habitación.

"Entón quizais sexa mellor comezar por aí".

"Despois de perder".

Sentín a súa man na parte baixa das miñas costas mentres nos achegabamos á sección correcta.

Pechei os ollos brevemente, con ganas de xemir.

Parecía moito tempo que non sentía o seu toque, aínda que só fora cedo esta mañá.

A través da miña camisa, podía sentir a calor da súa pel queimando a miña.

"Podería axudarche a buscar se puideses darme unha pista. Quizais unha palabra?"

"Sexo. Creo que tiña algo que ver co sexo".

A súa voz era un susurro baixo contra o meu oído.

Despois presionouse contra min, empurrándome cara a unha pequena mesa ao final do corredor.

Cando non puiden ir máis lonxe, aumentou a presión na parte inferior das costas e inclinoume cara adiante.

"Pero o meu interese pola lectura está a diminuír agora mesmo. Prefiro experimentalo".

Bosquei, agarrando o bordo da mesa para estabilizarme.

Os meus peitos batían contra a parte superior fría e dura.

Xemei cando sentín a súa excitación a través dos seus pantalóns e da miña saia mentres se fregaba lentamente contra min por detrás.

Traguei cando a súa man esvaraba máis cara ao sur, acariñandome o cú.

Agarrado á saia.

Baixando as bragas ata os xeonllos.

Cando os seus dedos rozaron o meu coño, presionando entre os meus beizos inchados, chomei en voz alta.

" Shhh "

El continuou acariciándome tan lentamente que foi enloquecedor.

A súa outra man xogou co meu cabelo, soltando o moño que lle puxera meticulosamente esta mañá.

Mordeime o beizo inferior e apoiei a meixela na mesa.

Chomei de novo cando a súa man desapareceu de entre as miñas pernas.

"Se unha boa rapaza. Non te movas".

Oín como desabrocharse o cinto e soltar o pantalón.

Escoitei o seu suave suspiro mentres probablemente liberaba o seu pene dos límites dos seus boxeadores.

Escoitei o meu propio corazón latexar salvaxemente nos meus oídos.

"Agora lembre, señorita, que estamos nunha biblioteca. Oín que hai regras estritas sobre facer ruídos fortes. E o castigo por incumprir esas regras... ben, estou seguro de que vostede sabe cales son os deberes de ser un bibliotecario son e todo iso." ".

Os seus dedos acariciaron o meu coño de novo.

Pero algo non estaba ben.

Tamén me agarraba as cadeiras coas dúas mans.

Xemei de alegría cando me decatei de que era o seu pau que me fregaba alí.

Soou un forte crack cando golpeou o meu fondo espido, facéndome saltar e berrar.

—Fíxenlle unha pregunta, señorita.

"Eu síntoo, señor."

"Está animado?"

"Sí señor."

Presionou cara adiante, o seu pene penetrando lixeiramente mentres mecía as cadeiras cara atrás e cara atrás.

Estendei as pernas o máis que puiden coas bragas aínda empurrando os xeonllos.

Unha vez que estaba completamente dentro de min, moveu unha man na parte inferior das costas.

Envolveu o meu cabelo solto na súa outra man e tirou.

Berrei e mirei a parede gris e fría.

Tiñao tan grande dentro de min, estirándome moito.

Jadeaba mentres entraba e saía tranquilamente.

Volveume dar unha palmada no traseiro e despois dobroume de novo sobre a mesa.

"Esta é unha boa rapaza. Agradable e apertada. Moi mollada. Como lle gustan ao teu señor".

Xemei, o meu corpo suplicándolle que me levase ao clímax.

De novo, balanceei contra el, seguindo o seu ritmo.

Iso valeume outro éxito.

"Non te movas, Pequeña. Estou fodendo contigo. Despois terás a túa oportunidade. E cala".

Intentei non facer ruído.

Intentei moito.

Sabía que había outra xente na biblioteca, pero ninguén adoitaba baixar ao soto.

Pero de todos os días para que alguén pasee por aquí, hoxe pode ser o día.

E aínda así, tamén desexaba que alguén nos atopase fodindo para poder abrazar ese pouco de exhibicionismo agochado nalgún lugar dentro de min.

Porén, cando mergullou e saíu, tirando do meu cabelo, non puiden evitar xemir e boquear.

Berrando cando decidiu pegarme.

Fodeume durante varios minutos longos.

Sentíase tan ben.

Non obstante, neste ángulo, non podía alcanzar o orgasmo.

E el sabíao.

Soltou as miñas costas, aínda agarrandome o pelo, e deume unha palmada no traseiro.

Forte.

A súa voz asubiou mentres preguntaba:

"Gústache iso, bebé?"

Eu rosmei.

"Si señor! Gústame moito"

"Si, que, pequeno?"

Volveume a bater.

Os sons agudos e a breve dor mentres a súa man conectaba contra a miña pel núa competía cos meus berros.

Sobre todo cando continuou empurrando o seu gran pau na miña coña.

Non podía pensar.

Non podía falar.

"Estou esperando."

Outro golpe máis.

"Se eu amo!" Eu boquei.

"Boa rapaza."

A súa man libre esvarou debaixo de min e acariñou o meu clítoris.

Berrei mentres o meu corpo tremía.

Pero non foi tempo suficiente.

A súa man desapareceu e de súpeto retirouse por completo.

"Levántase, Pequeña, e dá a volta".

As miñas pernas estaban entumecidos mentres obedecía.

Apoiei o traseiro contra a mesa por un momento, pero inmediatamente erguínme de novo, facendo muecas.

Non pensei que sería capaz de sentar unhas horas.

"Quita a roupa".

Abrín a boca, pero pecheina cando o vin inclinar a cabeza e mirarme a través do bordo das súas lentes de sol.

Descontei a saia e desliceina, baixando as bragas no proceso.

Desabotoimei a blusa, quiteina e engadín o meu suxeitador ao montón que crecía no chan.

Miroume cun sorriso nos beizos, a lingua saíndo cada vez que revelaba máis da miña pel.

Despois soltou a gravata e deixouna ir.

Xirou o dedo no aire.

Dei a volta unha vez máis.

En silencio, colleume as mans, tirounas ás miñas costas e atándoas coa gravata.

Entón presionábame o ombreiro e volvín enfrontarme a el.

"Inclinar cara atrás".

Mordeime o beizo inferior, pero obedecin.

O meu traseiro aínda estaba moi doído, especialmente co bordo da mesa cavando nos meus músculos magullados.

E agora coas mans atadas tamén ás costas, non podía usalas para soportar o meu corpo.

"Abre as pernas. Boa rapaza".

Apoiou a súa man esquerda no meu ombreiro dereito para equilibrarme antes de cubrir o meu coño coa outra man.

Pechei os ollos mentres dous dos seus dedos presionaban entre os meus beizos inchados, fregando o meu clítoris.

Deixei a miña cabeza cara atrás e afasteime del cara á parede detrás de min.

Forzou as miñas pernas máis separadas e levantou o meu coño para que os seus dedos puidesen acaricialo máis profundamente.

Esquecín todo a dor.

E que vulnerable era se alguén nos collera.

O único que podía pensar era en chegar a ese penedo e caer de cabeza despois.

Estaba subindo e subindo e subindo... xemendo durante o meu aceno.

"Oh, pequeno. Que che dixen de estar calado?"

Boquei mentres el quitaba a man e me levaba de pé.

"Ponte de xeonllos".

Chomei mentres me axudaba a poñerme de xeonllos.

As miñas mans descansaban no meu adolorido fondo.

Os bordos da súa gravata rozaron a parte traseira das miñas coxas.

Aínda podía sentir a picadura do seu toque, a calor da miña pel onde estiveran as súas mans.

O meu coño pegouse polo baleiro que había agora.

"Abre a boca".

Inclinei a cabeza cara atrás e deixei caer a mandíbula.

"Boa rapaza."

Acariñoume un momento a meixela co dorso dos dedos.

Despois meteume o polgar na boca, humedeceume coa lingua e fregou o dedo polo meu beizo inferior.

"Es tan encantadora, miña señora. A miña nena".

Con iso, levantou o seu gallo e substituíu o seu polgar coa cabeza do seu gallo.

"Lámeo".

Saquei a lingua e cubrín a punta coa miña saliva.

Fregou o seu pene cara atrás e cara atrás e arredor dos meus beizos.

E entón xemei.

"Agora, que vou facer con eses ruídos que estás facendo?"

Agarrou o meu queixo, tirou suavemente para que me abrise máis, e despois meteu o seu pene na miña boca ata que descansou na miña lingua.

"Si, iso pode funcionar para que calas".

Pestañei, pero mantiven os ollos no seu rostro.

No seu sorriso puiden ver o meu reflexo nos seus lentes e xemei de novo.

Empuxou o seu pau máis profundo na miña boca, facéndome amordazar.

Retirou lentamente e despois entrou de novo.

Unha e outra vez encheume a boca, a súa pel ríxida fregando contra os meus beizos húmidos.

Sacou por completo e bateu o seu pene contra os meus beizos algunhas veces.

"Respira fondo".

Pechei a boca e traguei, probando os meus propios fluídos e o seu líquido preseminal agora na miña lingua, e entón volvín a abrir.

"Que boa rapaza".

Procedeu a deslizar o seu pau na miña boca de novo, as mans a cada lado da miña cabeza.

Entón puxo as cadeiras cara atrás e cara atrás, fodendo a miña boca coma se tivese o meu coño.

El continuou durante varios minutos, agarrándome o pelo cunha man agora, mantendo a cabeza cara atrás.

De cando en vez, dicíame que chupase ou lambese só a coroa.

E paraba ás veces, enterrando o seu gallo tan fondo que podía sentir na miña gorxa e podía sentir as súas bólas contra o meu queixo, o cheiro picante da súa virilidade invadindo o meu nariz.

Abaixouse a man e beliscoume o pezo ou acariñoume o peito varias veces, pero nunca se demore demasiado, sempre enchendo a miña boca co seu pene á profundidade e velocidade que eu desexaba.

Choquei e choquei, pero os ruídos que facía agora estaban amortiguados.

E mentres tanto, susurraba palabras de ánimo.

"Esa é a boa moza do teu señor. Deus, é tan ben ter a túa boca enrolada ao meu pene. Si, nena. Así. Mmmm. Sigue así".

Con todo este movemento, as miñas lentes deslizáronse polo meu nariz.

"Mírame, Pequeña. Ai, nena, estás tan fodidamente quente así. O meu gallo na túa boca, os teus ollos postos en min. Estás tan indefenso, á miña mercé. E esas gafas. Ai, merda!"

Fodeume unhas cantas veces máis, e entón sentín que o seu cum quente golpeaba a miña gorxa.

Mantivo a miña cabeza quieta, o seu pene presionando contra a miña lingua e o paladar.

Cando rematou, dixo:

"Lámeo. Déixao limpo, bebé".

Fixen o mellor que puiden sen usar as mans.

"Esta é a miña boa rapaza".

Acariñoume o cabelo ata que quedou satisfeito.

Axudoume a levantarme e sentoume na mesa.

Antes de que puidese reaccionar, meteu unha man no meu coño e tapaba a miña boca coa súa, silenciando o meu berro de sorpresa.

A súa outra man cubriu un dos meus peitos e finalmente acariñou o meu dorido pezón baixo a súa palma.

"Cum para o teu señor, bebé", murmurou mentres me deixaba respirar.

Entón volveume bicar, empurrando a súa lingua contra a miña ao mesmo tempo que os seus dedos xogaban co meu clítoris.

Esta vez, subín ese penedo e finalmente caín, tremendo o meu corpo debaixo del.

Tragou os meus berros, o seu corpo cubrindo o meu, premendo contra a mesa e a parede, ata que quedei quieto debaixo del.

Pestañei mentres el retrocedeu, meteu o peto do seu pene e alisou a roupa.

Axudoume a poñerme de novo e desatoume os pulsos.

"Vístete, pequeniño, arreglache o pelo".

Collín a roupa do chan aturdida.

Rápidamente tirei do meu cabelo nun moño e endereitei as gafas.

Unha vez que volvín vestirme, el me ahuecou a meixela e sorriu para min.

"Agora, sobre ese libro que estaba buscando..."

Aclarei a gorxa e tirei un libro ao azar do andel.

"Creo que este é o que quería, señor. Estivo aquí todo o tempo á vista".

"Que razón ten, señorita. Alégrome moito de que haxa un bibliotecario competente cando o necesite".

"Cada vez que queira, señor", sorrín e deixei os andeis. "En calquera momento que queiras, estou aquí para atenderte no que necesites".

DESEXO SEXUAL

Meu amor, quero que te sentes diante do teu ordenador e mostres unha imaxe, unha peza visual, como un coño.

Non a cara e o corpo, só os xeonllos dobrados e as pernas abertas.

Con longos e fermosos dedos elegantes que separan lixeiramente os beizos vaxinais.

Imaxina que entro e me sento neste escritorio totalmente vestido.

zapatos de coiro negro de tacón alto, que envolven os nocellos e de punta puntiaguda a cada lado de ti.

Ti revés e sorrís e eu tamén sorrindo.

Levanto o meu vestido negro fino e sedoso e ves que me faltan as bragas e xa se nota o brillo da miña humidade na fenda.

Verás a punta dun corsé negro ao que tamén están unidas as medias.

Levanto o meu vestido coas dúas mans cara arriba, tiro por riba da miña cabeza e revélovos o corsé de coiro que só ten uns centímetros de ancho.

Os meus pezones están erectos e altos mentres sobresaen da parte superior.

Inclínate, pero estou aquí para xogar contigo e uso os meus zapatos de punta para manterte onde estás.

Vexo un galo que crece notablemente que ten que saír dos pantalóns e pídoche que o desabroches.

Paso a lingua polos meus beizos ao longo da súa lonxitude, sorrindo, mentres baixas os pantalóns.

A cabeza do teu pene sobresae dos teus boxers e tamén ten un brillo esixente.

É así por unha boa razón.

Esta visión do teu galo erecto de súpeto encántame e pídoche que me lambes.

Inclínate cara adiante e faino, separando os meus beizos lixeiramente para atopar o meu clítoris.

Lévao na boca, así que sobresae un pouco máis.

Só necesitaba ese toque da túa lingua para poñerme en marcha.

Mentres me poño cómodo, pídoche que tomes o teu pene na outra man e o acaricies lixeiramente.

Faino, pero podo dicirche que necesitas máis, isto non é suficiente.

Obrígote a poñerte de xeonllos para levarte de cheo na boca, alternando lambendo dende a base ata arriba, de arriba abaixo e de volta ata as bólas, lamendo o interior de onde está a entrepierna.

Gústache o que ves cando estou de xeonllos, o meu cu é tan fino como uns centímetros de ancho e o meu ano está axustado e invitante.

Levántome de novo porque estou moi preto do clímax.

Levántote e os teus pantalóns baixan por riba dos teus xeonllos.

Aínda tes os zapatos postos, a gravata aínda atada pero a camisa desabotonada ata o final.

Encántame necesitar ver a túa pel o máximo posible.

Agora que estás de pé pídoche que me deas as costas .

Que abras as pernas o suficiente para que me axeonlle detrás de ti.

A miña lingua lambe as túas pernas, lambe as túas bólas e ata o crack do teu cu, lambe e fai arremolinar a miña lingua ao redor do teu ano.

Saco un vibrador do meu bolso e pregúntoche se podo usar contigo, pero antes de responder, póñoo contra a túa pel.

Coa boca fun deixando saliva por todo o cu para que todo estea lubricado.

Púxeno a baixa velocidade e pásao sobre as túas bolas e entre as túas bolas e o teu burato.

A miña outra man vai entre as túas pernas e agarra o teu pene, acariciando e abanicando.

O vibrador séntese ben no teu cu.

Póñoo ao lado do teu ano e deslizo unha das dúas puntas, a fina, que tamén é a miña preferida.

Isto deslízase e poño a outra punta máis cara ao centro, detrás das túas bólas, de novo, observando como a sensación te leva a outro nivel.

As túas mans agarran a mesa e os teus ollos pechados cedendo ao que quero facer.

Pero quedo así, acariciando un pouco mentres deixa que o zumbido che faga pensar que pasará despois.

Paro bruscamente e dígoche que te des a volta.

Faino e o teu rostro está ruborizado.

Estabas disfrutando moito disto e achegándote ao estado que queres.

Pero prefiro baixar o ritmo para levarte de volta á miña boca.

Estou tan quente coma o inferno e estou perdendo un pouco o control.

Entón fágote sentar de novo e axeonllo diante de ti e pídoche que te acarices, pero lentamente.

"Acariciate meu amor".

Mentres me axeonllo diante de ti e recusto sobre os meus talóns.

Encendo o vibrador e froto no exterior da miña vaxina, sobre o clítoris.

Isto lévame menos dun segundo en alcanzar o orgasmo.

Teño as pernas e os xeonllos separados e inclino a cabeza cara atrás, estendendo o meu coño coas mans querendo que vexas mover os músculos do meu orgasmo.

Manteño o vibrador ata que remate e os meus propios zumes están a saír.

Miro para ti e estás a masturbarte, aumentando o ritmo.

O teu ritmo acelerouse e é tan emocionante que estou de xeonllos, suplicándoche que me corras pola cara e o peito.

E si, certamente, así o fas.

Vexo como os chorros do teu leite saen cara a min.

Pero, acabas chorrondo na pantalla do ordenador e no teclado .

Despedímonos ata que outro momento e apagues a webcam.

BENVIDA HUMIDADE

Glenn volve a casa despois dun duro día de traballo e deixa o maletín e o abrigo na porta.

Considera que a casa está inusualmente tranquila pero non lle presta moita atención e diríxese ao dormitorio.

Mentres sube as escaleiras, cheira o marabilloso aroma do perfume da súa amada esposa Susan.

Cando chega ao descanso, escoita os sons débiles da música que escapan débilmente pola porta do seu cuarto.

Asegurándose de non facer ruído, abre lentamente a porta.

"Susan?" Di con voz masculina bastante profunda.

A medida que a porta se abre cada vez máis, a visión do seu corpo espido deitado na cama dálle un arrepío.

"Si bebé". di ela con voz sensual.

Comeza a camiñar cara á cama, pero ela dille que pare.

Perplexo, fai o que lle di, sabendo que ela ten algo na súa mente.

Ela érguese da cama.

O seu corpo móvese con gran graza.

Non pode evitar fixarse no seu delicioso peito que se move lixeiramente mentres ela camiña cara a el.

Sente que o seu pau se endurece mentres pasan os seus pensamentos

"Ela é tan fermosa".

Ela estende as mans e desfácalle o cinto.

Tamén os pantalóns, desabotóns e baixas.

Isto faino tremer de emoción.

Xa que o ve tan emocionado, sorrí e baixa os seus boxers coa fame necesidade de chupar o seu membro duro.

Ela coloca suavemente as mans no seu pene agora erecto, acariciando lentamente.

Despois saca a lingua e lambe a cabeza antes de metela na boca.

El xeme mentres ela comeza a chupar o seu pau duro.

Movéndoo dentro e fóra da súa boca cada vez máis rápido.

Despois volve lentamente a un ritmo baixo e arremolina a lingua pola cabeza mentres a acaricia coa man.

El xeme mentres a súa man acaricia a cabeza rosa do seu pene.

Entón ela lambe as súas bolas ata a punta do seu pene.

Ela sácao da boca e érguese para bicalo apaixonadamente mentres lle quita a camisa.

Enróllaa os seus brazos cálidos, achegándoa a el, sentindo os seus peitos presionados contra o seu peito.

Mentres se bican, as súas mans percorren o seu corpo, sentindo a súa pel suave baixo a punta dos dedos.

As súas mans móvense sobre o seu cu e el aperta con forza.

Levántaa polo cu envolvendo as súas pernas arredor da súa cintura e móvese cara á cama.

Déitaa suavemente e móvese enriba dela.

Bícaa profundamente baixando ata o pescozo e o peito.

El lambe lentamente ao redor do seu peito dereito acercándose ao seu pezón agora erecto.

Coloca o seu pezón na súa boca e chupa nel, mordéndoo suavemente.

Movéndose ao outro peito, achégase e comeza a fregarlle o clítoris, facendo que aumente a súa respiración e comece a xemir levemente.

Esfrega máis rápido mentres bica o seu estómago centrándose no ombigo.

Sente que se molla moito e que a respiración se acelera.

El bica o seu fermoso monte e despois substitúe os dedos pola súa lingua.

Chupando e mordíndolle suavemente o clítoris.

Isto envíaa nunha onda de pracer, xemindo.

Entón ela introduce un dedo que pasa polos beizos inchados do seu coño e nese lugar secreto e esvaradío.

Desliza o dedo dentro e fóra lentamente e despois introduce rapidamente outro dedo mentres ela xeme.

Continúa concentrándose en chuparlle o clítoris mentres os seus dedos golpean preciosamente ese lugar especial dentro dela que sabe que a volve totalmente tola.

Ela xeme forte e sente unha sensación de formigueo na súa perna dereita cara arriba e arredor do seu corpo e ata a perna esquerda.

"Oh bebé!" ela xeme: "Isto séntese tan ben!"

Glenn sabe que se continúa así, ela definitivamente pasará o límite, polo que aminora a velocidade e bica o camiño de volta para devorarlle a boca.

Comparten un bico apaixonado.

As súas linguas bailando xuntas.

Quitando os dedos do seu coño agora empapado, comeza a masajearlle o peito dereito.

Os seus xemidos reprimidos polos bicos.

O bico rompe e ela susurralle ao oído:

"Te necesito dentro de min, nena".

A mención do seu pau duro deslizando no bichano mollado do seu amante fai que gruñe de luxuria e móvese encima dela.

Abrindo as súas pernas coas cadeiras, colócase para entrar nela.

Xogando con el, introduce só a cabeza e despois retírase lentamente.

"Por favor, dáme todo". Ela pídelle, pero el impón e segue o ritmo do xogo, introducindo só a punta e retirándoa cando ela comeza a xemir.

Finalmente, nun momento inesperado, conduce ao seu membro duro todo o camiño para facelo berrar.

Comeza a entrar e saír dela lentamente con golpes longos e duros.

Comeza a acariciar máis e máis rápido tirando do seu cu para unha penetración máis profunda.

"Oh Deus, sénteste moi ben dentro de min. Quérote moito cando fodes a miña coña".

Ante isto rosma e retírase de súpeto.

Fai un aceno para que se dea a volta e ela faino rapidamente cun salto de emoción.

Sabe que entrar nela por detrás é unha das súas posicións favoritas e tamén lle encanta regalalo así.

Insire o seu pau nela e comeza a empuxar forte e rápido.

Ela xeme en voz alta, dicíndolle máis alto.

Encántalle foder á súa encantadora muller, así que comeza a ser máis duro con ela.

O seu corpo e as bólas golpeándolle agora o cu vermello.

Ela comeza a empurrar cara atrás nos seus empuxes, facendo que o seu pene se afonde aínda máis dentro.

Ambos xemen de pracer.

"Oh, vou correrme, bebé. Estás preparado para o meu cum?"

"Oh, si bebé, eu tamén vou correr".

Uns cantos golpes máis e Susan berra de pracer e o seu corpo comeza a tremer mentres o seu orgasmo a abafa.

Glenn sente que as paredes da súa coña comezan a muxir o seu pene e non pode soportar máis.

Gruñendo o seu nome, dispara o seu cum quente no seu interior, agora cremoso e húmido coño.

Susan, esgotada pola súa explosión, repousa sobre os cóbados mentres sente que lle dispara uns chorros máis de esperma.

Satisfeito, e intentando non caer enriba dela, retírase lentamente do seu coño e agárraa pola cintura, tirando con el na cama.

Míranse aos ollos, os dous nublados polos poderosos orgasmos que acababan de atravesar os seus corpos hai uns segundos .

Unha satisfacción de coñecemento mutuo perdura na habitación mentres os dous dormen nos brazos do outro.

VESTIDA PARA A OCASIÓN

39

O silencio da noite rodeábaa, premendo sobre ela coa súa serenidade, tratando de calmar a súa ansiedade.

Non obstante, iso non puido calmala.

Sentimentos desenfreados aos que non estaba afeita e nunca antes experimentara , xurdiron polo seu corpo, poñéndoa nerviosa.

Os seus tacóns premeron suavemente ao longo do camiño pavimentado mentres miraba para o ceo.

Por que vas alí esta noite?

Por que se vestira así?

Ela podía sentir o poder que a súa mirada tiña sobre ela.

Ela suspirou e permitiu que a súa mente deixase de pensar nos acontecementos que poderían ocorrer esta noite.

***

Parecía que todos os ollos estaban postos nela cando entraba na tenda.

Os seus tacones de agulla chocaron contra o chan de madeira mentres cruzaba a pista de baile e se achegaba ao bar.

A saia da súa roupa vermella e negra balanceábase dun lado a outro con cada paso, a franxa vermella fluía contra o seu xeonllo mentres a negra descansaba uns centímetros por riba dela.

A blusa colgaba solta dos seus ombreiros, baixo os seus peitos, rebotando o suficiente para chamar a atención con cada paso que daba e mostrando unha xenerosa cantidade de pel.

E sen suxeitador.

Ela sabía o que parecía con esta roupa.

Parecía unha puta.

Ela rematara o look cunha gargantilla negra de encaixe no pescozo e só un toque de batom vermello.

Sentou entre un home e unha muller, e sorriu ao camareiro.

"Ola James."

"Samy. Dáme ben verte de novo." Deixou que os seus ollos deslizaran lentamente sobre a súa cara e os seus seos. "Moi ben, de feito. E para quen é a ocasión?"

Ela meneou a cabeza e sorriu, facendo caer un fío de rizos sobre a súa orella.

"Non hai ocasión. Só tiña ganas de vestirme así".

Alcanzou a barra e meteu o rizo detrás da orella.

Os seus dedos rozaron o lado da súa meixela e case se esqueceu de como respirar.

"Deberías vestir así máis a miúdo".

"Quizais o faga".

"Eu vou saír do traballo agora esta noite sobre as once. Gustaríache bailar despois?"

Ela asentiu lentamente, incapaz de apartar a súa mirada da súa.

Cunha precisión moi lenta, inclinouse sobre a barra e achegou os beizos aos seus, profundizando o bico o suficiente para que ela queira máis antes de que se afastase.

"Uns vinte minutos".

***

Eses vinte minutos nunca pareceran máis longos na vida de Samy.

Ela observaba todo o que a rodeaba todo o tempo consciente de cada movemento que facía sen sequera mirar para el.

Era coma se os seus sentidos estivesen en sintonía co seu corpo, pero aínda así saltaba cando el a tocou na parte traseira do ombreiro.

Desabrochara o colo da camisa negra e sorría para ela, tendéndolle a man.

"Creo que me debes un baile".

Cando ela puxo a man na súa, foi coma se un pequeno golpe de electricidade atravesase o seu corpo.

Sorriu mentres a conducía a un recuncho da pista de baile e despois acercábaa ao seu corpo mentres a canción cambiaba.

Era lento e sedutor, e o seu latexo parecía coincidir co seu corazón mentres ela presionou contra el.

E así era consciente dos duros contornos que ondulaban contra o seu corpo brando.

Ela deslizou os brazos ao seu redor, premendo as mans contra as súas suaves curvas traseiras mentres se balanceaban cara atrás e cara atrás.

Inclinouse e presionou os seus beizos contra os dela, apartándoos suavemente e seduciándoa coa súa lingua.

A súa man esvarou máis abaixo sobre as súas costas, apoiándose na súa cadeira, esvarando o suficientemente baixo como para acariciar unha meixela do seu cú mentres el tiraba da súa parte inferior do corpo contra a súa.

Ela jadeou cando sentiu o forte que estaba presionando contra ela e podería xurar que o escoitou xemir.

Pero como fixo, o outro camareiro chamouno e el suspirou, baixando a cabeza cara atrás.

"Samy... volverei enseguida. Xúroo. Non vaias a ningún lado".

Ela asentiu un pouco tola mentres se afastaba da pista de baile e entraba nunha cabina illada.

Observou como James entraba de novo no bar e volveu inclinarse sobre el, falando con Joseph.

Joseph foi o cantineiro substituto da noite.

Sempre tomou o relevo cando James se retirou.

Cando viu unirse a eles unha loura alta e con pernas, deuse conta de algo.

Ela non era ese tipo de nena.

Non tiña nin idea do que facía.

James era o tipo de home que sempre tiña a calquera rapaza dispoñible, calquera rapaza alta, loira e súper sexy.

E era baixa, morena e latina.

Saíu correndo.

O máis rápido e tranquilo que puido.

Dirixiuse cara á porta e cando mirou por riba do ombreiro viu que a loira se achegaba a James e pasou os dedos polo seu brazo.

Ela suspirou e meneou a cabeza mentres continuaba o seu camiño.

Non estaría ben parar a pensar niso.

Os pés comezaban a doerlle os talóns, así que os quitou e apartouse do camiño empedrado, deixando que os seus pés a guiasen ata a beira do río que tan ben coñecía.

Meteu os pés na beira do río e só mirou a auga durante moito tempo.

"En que estaba a pensar?" Ela finalmente murmurou.

"Iso é o que me gustaría saber".

Case berrou cando se deu a volta.

James estaba de pé detrás dela, os brazos cruzados con rabia e engurrado.

Pero o ceño foi substituído lentamente por unha mirada de confusión e preocupación.

"Samy, estás chorando. Que pasa?"

Ela apartou a vista del e cruzou o río ata a outra beira herbosa.

"Non debería telo feito. Non debería vir ao bar esta noite vestido así. Non debería ter pensado que tiña oportunidade ".

"Samy, de que carallo estás a falar?"

Achegouse e deixoulle caer a man no ombreiro.

Temblaba, tiña frío.

Quitouse apresuradamente o abrigo e colocouno sobre os seus ombreiros, movéndose detrás dela para fregarlle os brazos.

"Parecías fermosa alí dentro. Creo que esquecín como tiña que respirar cando entraches".

"Vin as mulleres coas que estás habitualmente. Non son coma elas, James. Non son elegante nin súper sexy. Non son loira, nin alta, nin pernas longas, nin teño un corpo perfecto. como eles. Non teño solución . "contra iso. Non sabía nin o que facía". Ela rematou nun susurro.

"De verdade? Poderías terme enganado alí dentro".

El virouna cara a el e inclinouse cara adiante, presionando os beizos contra o seu pescozo.

Ela estremeceuse.

"O teu corpo sentíase perfecto cando me presionaches contra ti naquela pista de baile".

El levantou a man e tomou o seu peito, trazando o contorno do seu pezón a través da súa blusa.

Fíxoa tremer un pouco.

"Seguro que parecían saber o que querían facer cando estabamos bicos e presionando xuntos".

Inclinouse sobre ela e obligouna a baixar ata que quedou tirada no chan.

"Déixame mostrarche, Samy. Déixame mostrarche que es máis do que pensas".

Os seus beizos esvararon contra os dela antes de esvarar polo seu pescozo e sobre a fina blusa que cubría os seus peitos.

A respiración quedou atrapada na gorxa cando os seus beizos atoparon primeiro un mamilo e despois o outro, chupándoos lentamente mentres ela se arqueaba ao seu toque.

Os seus dedos atoparon hábilmente o dobladillo da camisa da súa camisa e comezaron a levala lentamente cara arriba, tomándolle a pel mentres se revelaba.

Levantouna por enriba dos seus peitos e suxeitouna xusto enriba deles mentres lle bicaba o peito dereito, saboreando a pel.

Ela xemeu cando James finalmente levou os beizos á crista do seu peito, collendo o mamilo entre os seus dentes e tirando del suavemente antes de chupalo.

Ela xemeu aínda máis forte cando a súa man comezou a amasar o seu outro peito, facendo rodar a súa palma sobre o seu pezón repetidamente.

"Ves?" Respirou contra a súa pel. "Es a muller perfecta".

Comezou a bicala no seu camiño cara abaixo, trazando círculos ao redor do seu embigo coa súa lingua.

James sorriu para ela mentres atendeu a súa saia e, en vez de tirala cara abaixo, empuxouna cara arriba.

A parte dianteira dobrada cara atrás e ao momento seguinte el estaba colocando bicos suaves e xoguetóns ao longo do seu monte quente por riba das súas bragas.

Xa estaba mollada.

Ela podía sentilo a través das súas bragas mentres fregaba o nariz contra ela.

Ela tremía debaixo del e el acariciaba suavemente os seus dedos arriba e abaixo mentres usaba os dentes para baixar as bragas.

Bicouna de novo, sen barreira entre os seus beizos e o seu coño.

Comezou a deslizar a súa lingua pola súa fenda e ela xemeu, as súas cadeiras arqueándose salvaxemente de xeito que el presionou profundamente a súa lingua, trazándoa sobre o seu clítoris.

Samy xemeu e arqueouse contra a súa lingua, o pracer corría por ela mentres rozaba os dentes contra o seu clítoris e meteu un dedo dentro dela.

"Mentín", respirou contra o seu clítoris. "Non só esquecín como respirar".

James suavemente chupou o seu clítoris, o seu dedo bombeando dentro e fóra da súa opresión.

"Case vin nos meus pantalóns só mirando para ti antes."

Os seus dedos agarraron o seu cabelo, e el sorriu contra o seu coño mentres deslizaba un segundo dedo dentro dela, pasando a lingua sobre o seu clítoris varias veces ata que o seu corpo tremía baixo a súa boca.

Os seus dedos acariñouna, dentro e fóra, excitándoa, persuadíndoa o seu corpo para que respondese ata que ela se balancea contra a súa man e lingua.

"James", a súa voz case vacilou mentres se retorcía na súa man. "Por favor, non pares agora!"

As súas palabras saíron nun ton suave, pero rapidamente aumentaron de volume mentres ela berraba de pracer.

El mordía suavemente o seu clítoris e agora estaba a chupálo con forza, os seus dedos empurrando con forza nela tomando o seu clímax.

Lampou ansiosamente os seus zumes e cando o tremor do seu corpo diminuíu,

Cando rematou, moveuse por riba dela.

Sorriu e apoiou a súa fronte contra a dela, deixando que o seu corpo rozase contra o dela mentres miraba aos seus ollos.

"Díxenche que es tan muller coma elas, se non máis".

Os seus ollos brillaron con algo que podería ser dúbida mentres miraba para os ollos de James, pero entón deixou que os dedos percorresen o seu peito e baixou ata o duro bulto dos pantalóns.

"¿Por iso o tes tan difícil?

Porque son unha muller coma elas?"

Os seus dedos rozaron o seu pene de arriba abaixo, e el non puido evitar o xemido que escorregou polos seus beizos.

Non obstante, el non tivo oportunidade de responder mentres os seus beizos atoparon os seus e calquera pensamento borrábase da súa mente.

Os seus dedos deslizáronse ata o seu peito e ela comezou a desabotoar a camisa con habilidade.

Ela sacouno rapidamente dos pantalóns e empuxouno cara un lado mentres lle quitaba a camisa por completo.

O botón dos seus pantalóns abriuse e a cremalleira esvarou case por si só.

Ela baixou os pantalóns e os boxeadores o suficiente para liberar o seu pene e envolveu a súa pequena man arredor dela, acariñando lentamente para que el xemeu e presionese ansiosamente contra a súa man.

El xemiu molesto e ergueuse, quitándose os pantalóns e os calzóns dun só movemento e volvéndose cara a ela.

Agora estaba de xeonllos e sorriulle mentres volveu envolverlle a man.

Inclinouse sobre ela, dándolle lentas caricias, pechando os ollos.

No momento seguinte, con todo, estendeunos mentres os seus beizos envolvían o seu pene, movéndoos lentamente cara arriba e abaixo do seu membro duro.

Agora puxo as mans na parte traseira da súa cabeza e lentamente comezou a botala dentro e fóra da súa boca, xemindo mentres ela o chupaba con cada movemento.

Non pasou moito tempo para que os suaves golpes se fixeran rápidos e curtos, Samy magábao máis forte canto máis rápido movía a cabeza.

A súa man acariciaba as súas bolas, facéndoas rodar cara atrás e cara atrás mentres a súa boca se apertaba ao seu redor.

Cando ela xogaba coa lingua na cabeza do seu pene, el estoupou na súa boca.

Ela tragou axiña mentres el enviou a súa carga dentro dela, premendo a súa boca e a súa gorxa contra o seu pene facéndoo chegar aínda máis forte e con máis chorros, ata que finalmente se gastou.

Ela esvarou o galo da súa boca lentamente e deixou caer a súa mirada ao chan.

El caeu de xeonllos diante dela, poñendo a man contra a súa meixela.

Estaban só a un paso cando o dedo de James percorreu o lado da súa cara, mergullando o dedo debaixo do seu queixo e levantando os seus ollos cara aos seus.

"Aínda non rematamos".

A súa voz era tan baixa que lle provocou un arrepío na columna vertebral mentres ela o miraba con asombro.

Inclinouse e presionou os beizos contra ela, afondando rapidamente o bico.

Mentres a súa lingua esvaraba polos seus beizos, unha man esvarou detrás dela, tirando dela contra el para que fosen de carne a carne.

Os seus pezones presionaron o seu peito felizmente, e a súa nova erección presionou con forza contra os seus abdominais inferiores.

Ela moveuse e fregou o seu corpo ao longo del lentamente, facéndoo xemer mentres o seu bico se volveu febril.

Deitouna de novo e deslizou a saia polas pernas.

Mirouna un longo momento antes de moverse.

Inclinouse de novo sobre ela e deulle un lixeiro bico na barriga, xusto enriba do embigo.

Sorriu contra a súa pel morna e comezou a bicar cara arriba, invertendo as súas accións anteriores.

Os seus beizos apenas se burlaban dos seus peitos antes de acomodarse no seu pescozo e acariñarlle o latexo do corazón.

El latexaba entre as súas pernas, o seu membro presionaba contra a súa fenda húmida mentres ela envolvía as súas pernas arredor da súa cintura e el deslizaba os brazos arredor dela.

Nun movemento rápido, James estaba sentado con ela no seu colo e, se iso era posible, presionando aínda máis o seu pene dentro dela.

Ela retorceuse un pouco e el xemeu.

Bicouna ata que chegou xusto debaixo da súa orella e tirou suavemente do seu lóbulo.

"Dime, Samy, queres?"

O seu alento estaba quente contra a súa pel e ela tremía.

"Queres que o meu gallo grande e duro estea enterrado dentro de ti?"

A resposta de Samy soou case como un xemido mentres se fregaba contra el.

"Si. Por favor, James, eu quero isto desde..." pero ela detívose rapidamente, aínda un rubor nas súas meixelas, e mirou para outro lado.

James non tiña idea diso.

Forzou a súa mirada de volta á súa e apoiou a súa erección contra ela.

"Remata o que estabas dicindo".

Ela xemeu e as uñas cavéronse lixeiramente na súa pel.

"Eu quería isto desde que te coñecín".

"Entón dime o mal que o queres".

Non era unha demanda, máis ben unha petición mentres deslizaba os dedos sobre os seus peitos, amasando lentamente a súa carne.

Podía sentir a súa calor irradiando contra o seu pene, e estaba facendo todo o que podía para botalo fóra e tomalo.

A súa resposta sorprendeuno e esnaquizou todo o autocontrol que viña usando.

"Non o quero, necesitoo, James".

Os seus ollos estaban fixados nos seus agora, e el xemeu suavemente contra a súa pel mentres ela se apertaba máis forte.

"Necesito tanto, soñeino durante tanto tempo. Por favor. Necesito que me fodes".

Iso xa non lle podía negar.

Despois diso, non puido resistirse máis.

Levantouna ata que a cabeza do seu pene foi presionada contra a súa abertura e logo deixouna caer rapidamente sobre ela.

Ambos xemeron.

O seu coño estaba tan axustado ao seu pene que cando comezou a movela cara arriba e abaixo no seu membro, a súa dura lonxitude parecía aínda máis grande encerrada dentro dela.

Ela xemeu e usando as súas pernas como alavancagem comezou a rebotar no seu pau.

Os seus peitos rebotaban libremente contra el e os seus pezones facíanlle acenos mentres el se inclinaba para adiante e comezaba a mamar.

Ela xemeu e comezou a rebotar máis rápido no seu pau, empuxándose unha e outra vez.

Os seus beizos estaban burlando dos seus pezones, atraéndoos e chupando, despois pasándoos a lingua e mordindo mentres ela se balanceaba cos seus rebotes, xemendo contra a súa pel, enviando vibracións a través das súas mordidas.

O seu coño estaba tan húmido que a humidade corría polo seu pau, e el xemeu cando ela cerrou intencionadamente a súa fenda ao seu redor, facéndoo resistirlle máis.

El inclinou os dous para que ela estaba de costas de novo na herba e comezou a golpear o seu pau forte dentro e fóra dela.

Samy xemeu aínda máis forte, as uñas rasgándoa cara atrás mentres outro forte empuxe a devolveu ao seu clímax.

O axustado espasmo ao redor do seu pau fixo que James se correse tamén e bateu contra ela aínda máis rápido, gruñendo mentres o seu cum quente encheuna ata que se derramou polas súas coxas.

Caeu a un lado, jadeando.

Despois tirouna cara a el, poñendo suaves bicos ao lado da súa cara.

"Agora, pasarán outros cinco anos antes de que sexas o suficientemente valente como para facer isto de novo?"

Sorriu e bicou a comisura dos seus beizos.

"Nunca, James."

Samy sorriu e rozou os seus beizos contra os seus.

"Ben, porque non creo que poida deixar as miñas mans fóra de ti máis dun día ou dous".

A risa de Samy ecoou no lago, e James sorriu mentres se sentou e a bicou profundamente.

Este pode ser o comezo de algo moi interesante.

RECEPCIÓN INESPERADA

53

Glenn volve a casa despois dun duro día de traballo e deixa o maletín e o abrigo na porta.

Considera que a casa está inusualmente tranquila pero non lle presta moita atención e diríxese ao dormitorio.

Mentres sube as escaleiras, cheira o marabilloso aroma do perfume da súa amada esposa Susan.

Cando chega ao descanso, escoita os sons débiles da música que escapan débilmente pola porta do seu cuarto.

Asegurándose de non facer ruído, abre lentamente a porta.

"Susan?" Di con voz masculina bastante profunda.

A medida que a porta se abre cada vez máis, a visión do seu corpo espido deitado na cama dálle un arrepío.

"Si bebé". di ela con voz sensual.

Comeza a camiñar cara á cama, pero ela dille que pare.

Perplexo, fai o que lle di, sabendo que ela ten algo na súa mente.

Ela érguese da cama.

O seu corpo móvese con gran graza.

Non pode evitar fixarse no seu delicioso peito que se move lixeiramente mentres ela camiña cara a el.

Sente que o seu pau se endurece mentres pasan os seus pensamentos

"Ela é tan fermosa".

Ela estende as mans e desfácalle o cinto.

Tamén os pantalóns, desabotóns e baixas.

Isto faino tremer de emoción.

Xa que o ve tan emocionado, sorrí e baixa os seus boxers coa fame necesidade de chupar o seu membro duro.

Ela coloca suavemente as mans no seu pene agora erecto, acariciando lentamente.

Despois saca a lingua e lambe a cabeza antes de metela na boca.

El xeme mentres ela comeza a chupar o seu pau duro.

Movéndoo dentro e fóra da súa boca cada vez máis rápido.

Despois volve lentamente a un ritmo baixo e arremolina a lingua pola cabeza mentres a acaricia coa man.

El xeme mentres a súa man acaricia a cabeza rosa do seu pene.

Entón ela lambe as súas bolas ata a punta do seu pene.

Ela sácao da boca e érguese para bicalo apaixonadamente mentres lle quita a camisa.

Enróllaa os seus brazos cálidos, achegándoa a el, sentindo os seus peitos presionados contra o seu peito.

Mentres se bican, as súas mans percorren o seu corpo, sentindo a súa pel suave baixo a punta dos dedos.

As súas mans móvense sobre o seu cu e el aperta con forza.

Levántaa polo cu envolvendo as súas pernas arredor da súa cintura e móvese cara á cama.

Déitaa suavemente e móvese enriba dela.

Bícaa profundamente baixando ata o pescozo e o peito.

El lambe lentamente ao redor do seu peito dereito acercándose ao seu pezón agora erecto.

Coloca o seu pezón na súa boca e chupa nel, mordéndoo suavemente.

Movéndose cara ao outro peito, achégase e comeza a fregarlle o clítoris, o que fai que aumente a súa respiración e comece a xemir levemente.

Esfrega máis rápido mentres bica o seu estómago centrándose no ombigo.

Sente que se molla moito e que a respiración se acelera.

El bica o seu fermoso monte e despois substitúe os dedos pola súa lingua.

Chupando e mordíndolle suavemente o clítoris.

Isto envíaa nunha onda de pracer, xemindo.

Entón ela introduce un dedo que pasa polos beizos inchados do seu coño e nese lugar secreto e esvaradío.

Desliza o dedo dentro e fóra lentamente e despois introduce rapidamente outro dedo mentres ela xeme.

Continúa concentrándose en chuparlle o clítoris mentres os seus dedos golpean preciosamente ese lugar especial dentro dela que sabe que a volve totalmente tola.

Ela xeme forte e sente unha sensación de formigueo na súa perna dereita cara arriba e arredor do seu corpo e ata a perna esquerda.

"Oh bebé!" ela xeme: "Isto séntese tan ben!"

Glenn sabe que se segue así, ela definitivamente superará o límite, polo que reduce a velocidade e bica o camiño de volta para devorarlle a boca.

Comparten un bico apaixonado.

As súas linguas bailando xuntas.

Quitando os dedos do seu coño agora empapado, comeza a masajearlle o peito dereito.

Os seus xemidos reprimidos polos bicos.

O bico rompe e ela susurralle ao oído:

"Te necesito dentro de min, nena".

A mención do seu pau duro deslizando no bichano mollado do seu amante fai que gruñe de luxuria e móvese encima dela.

Abrindo as súas pernas coas cadeiras, colócase para entrar nela.

Xogando con el, introduce só a cabeza e despois retírase lentamente.

"Por favor, dáme todo". Ela pídelle, pero el impón e segue o ritmo do xogo, introducindo só a punta e retirándoa cando ela comeza a xemir.

Finalmente, nun momento inesperado, conduce ao seu membro duro todo o camiño para facelo berrar.

Comeza a entrar e saír dela lentamente con golpes longos e duros.

Comeza a acariciar máis e máis rápido tirando do seu traseiro para unha penetración máis profunda.

"Oh Deus, sénteste moi ben dentro de min. Quérote moito cando fodes a miña coña".

Ante isto rosma e retírase de súpeto.

Fai un aceno para que se dea a volta e ela faino rapidamente cun salto de emoción.

Sabe que entrar nela por detrás é unha das súas posicións favoritas e tamén lle encanta regalalo así.

Insire o seu pau nela e comeza a empuxar forte e rápido.

Ela xeme forte, dicíndolle máis alto.

Encántalle foder á súa encantadora muller, así que comeza a ser máis duro con ela.

O seu corpo e as bólas golpeándolle agora o cu vermello.

Ela comeza a empurrar cara atrás nos seus empuxes, facendo que o seu pene se afonde aínda máis dentro.

Ambos xemen de pracer.

"Oh, vou correrme, bebé. Estás preparado para o meu cum?"

"Oh, si bebé, eu tamén vou correr".

Uns cantos golpes máis e Susan berra de pracer e o seu corpo comeza a tremer mentres o seu orgasmo está a abafala.

Glenn sente que as paredes da súa coña comezan a muxir o seu pene e non pode soportar máis.

Gruñendo o seu nome, dispara o seu cum quente no seu interior, agora cremoso e húmido coño.

Susan, esgotada pola súa explosión, repousa sobre os cóbados mentres sente que lle dispara uns chorros máis de esperma.

Satisfeito, e intentando non caer enriba dela, retírase lentamente do seu coño e agárraa pola cintura, tirando con el para a cama.

Míranse aos ollos, os dous nublados polos poderosos orgasmos que acababan de atravesar os seus corpos hai uns segundos .

Unha satisfacción de coñecemento mutuo perdura na habitación mentres os dous dormen nos brazos do outro.

INSATISFEITA

59

É unha mañá fresca.

Teño que ir traballar, pero non teño ganas de levantarme.

Deitado aquí, penso en quererte.

Podo ver os teus ollos mirando para min, sorrindo para min.

Xa podo sentir a calor aumentando na miña entrepierna.

Deslizo a miña man suavemente sobre os meus peitos coma se os teus ollos o seguían.

Os meus pezones responden inmediatamente, endurecéndose.

Levanto o peito para chupar un pezón suavemente na miña boca.

Sinto os teus beizos pecharse ao redor do outro mamilo e un profundo xemido escapa dos meus beizos.

Sinto o zume cando comeza a baixar dende o interior da miña coña.

Movo as mans ao redor do meu estómago e despois baixo ao meu abdome, imaxinando que as túas mans me tocan.

Deslizo lentamente o dedo medio na molladura e na calor.

Aperto o meu dedo coma se o teu galo estivese enterrado no fondo de min.

Deslizando o dedo cara a dentro e fóra, as miñas cadeiras comezan a moverse nun movemento circular.

Sinto que o meu dedo quere máis da sensación que se está creando.

A palma da miña man colleu o zume que agora sae do meu coño.

Lambo o doce sabor da miña palma e deslixo o meu dedo longo na miña boca imaxinando que é o teu delicioso galo.

Rodeo lentamente a punta do meu dedo coa lingua coma se fose a cabeza do teu pene.

Movo a lingua ao longo do meu dedo, dándolle voltas para coller cada pouco de zume.

Pecho os beizos con forza ao redor da base do meu dedo e deslixo a boca ata a punta e empezo a traballar a lingua arredor da parte superior do meu dedo.

Que imaxinas que o teu galo está enterrado na miña boca?

Mirando a miña cabeza moverse cara arriba e abaixo, chupándote profundamente na miña gorxa cos músculos da boca traballando.

Estou chupando o teu pene e podes sentir que a miña lingua e a miña boca te chupan igual que eu sinto que me chupases os pezones.

A miña lingua móvese por todas partes , os meus beizos húmidos móvense constantemente coa necesidade de chuparte máis forte, máis rápido e máis profundo.

Estou moi emocionado coa idea de sentirte enterrado en min.

Collo o dedo e volvo a deslizalo no meu coño, asegurándome de que estea empapado.

Saco o dedo e froto por toda a fenda e mergúlloo de novo para obter máis humidade.

Esta vez tamén frego o meu axustado burato traseiro.

Deslizo lentamente un dedo dentro e o orgasmo é inmediato.

Encantaríame que me fodeses cos teus dedos e co teu pene ao mesmo tempo.

Encántame a idea de ser enchedo por ti.

Rolo sobre o meu estómago e empezo a traballar o clítoris coas dúas mans.

Movendo as mans ata o estómago, presionando firmemente o meu doce montículo.

Fódome coas mans ata que sinto que comeza esa sensación.

A sensación comeza no fondo e faime apretar mentres vou a correrme de novo.

Movo as cadeiras máis rápido, os meus pés enroscándose coa necesidade de estoupar por dentro mentres me fode co dedo.

Escápase un xemido longo, profundo e gutural mentres estou por completo e estoupo.

Esgotado, téñome de costas, penso no que acabo de vivir e atópome excitado de novo.

Sigo preguntándome "que é este feitizo que tes sobre min"?

Ningún home me excitou tanto coma ti.

véxote na miña mente, o home amoroso e sexy que es.

Podo sentir os teus beizos suaves e doces nos meus.

O xeito en que a túa lingua sedosa perfila os meus beizos e a mordida suave dos teus dentes.

A forma en que a túa lingua desliza profundamente na miña boca e sabe a fame que teño por ti.

O xeito en que a túa lingua rodea a miña e o doce intercambio da túa saliva mestúrase coa miña.

Podo sentir a túa boca morna mentres se move cara ao meu oído e a calor da punta da túa lingua mentres se dispara cara a dentro.

O suave susurro do meu nome trae unha descarga de esperma directamente no meu doce coño e a túa boca móvese aos meus pezones duros e erectos.

Lentamente, a túa lingua rodea o meu pezón esquerdo e sopras tan suavemente.

Pechas a boca sobre a miña dureza reactiva e xemo.

A miña man dereita comeza a deslizarse sobre os meus pezones e levante o peito esquerdo cara á boca para chupar suavemente o pezón, imitando o que sentiría a túa boca.

Lentamente, os meus dedos deslízanse sobre as miñas costelas cara ao meu abdome e os dedos longos e finos da miña man chegan ao meu doce clítoris.

Suavemente, as puntas rozan o botón e o meu dedo medio deslízase cara dentro ata o primeiro nudillo para sentir a humidade que alí se recolleu.

Deslizo o meu dedo profundamente para soltar o teu cum e coller o zume de mel na palma da miña man.

Lambo o zume da miña palma, saboreando o sabor e o cheiro do sexo.

Deslizo o dedo medio, ata o primeiro nudillo, na miña boca, imaxinando que é a cabeza do teu pene.

Lentamente, a miña lingua xira arredor, probando de novo o zume e sei que é o teu líquido líquido que estou probando na miña lingua.

A miña boca quente e húmida deslízase sobre o meu dedo, coma se fose o teu membro quente e inchado.

A miña boca péchase por completo e deslízase ata a punta mentres a miña boca apertada chupa só a cabeza imaxinada do teu pau sedoso.

A medida que aumento o ritmo de follar o meu dedo na boca, case podo sentir a tensión nas túas bolas mentres o cum comeza a subir.

Con iso mesmo, sinto que a mollada escapa do meu coño e sei que teño que foderme.

Axiña rodo sobre o meu estómago, as mans atinxindo o meu bichano.

Premios con forza contra o meu montículo, as almofadas dos meus dedos atopan o meu clítoris.

As miñas cadeiras comezan a xirar lentamente, redondeando e redondeando mentres os músculos dos meus pés e pernas comezan a tensar e os meus dedos traballan na miña doce coña.

Véxote entrar por detrás e imaxino o teu galo, empapado cos meus zumes e relucindo de humidade mentres entra e sae do meu coño.

Ai, carallo, estou tan jodidamente excitado como os meus dedos e as palmas das mans presionan con forza... o máis que poden mentres chego o clímax.

Os meus pés e as pernas están apretados, o meu corpo estremece pola intensidade.

Dáme as costas imaxinando o teu doce e palpitante galo dentro do meu coño sedento de semen.

Os músculos do meu coño seguen apretando coma se estivesen a chupar o semen do teu pene.

E entón si, case podo sentir esa túa lingua quente mentres se desliza arriba e abaixo pola miña fenda.

A túa boca péchase sobre os beizos do meu coño e o rápido movemento da túa lingua faime correr na túa boca.

E érguese, a cabalo sobre o meu corpo e desliza o teu pene empapado de semen na miña boca.

Saboreo o sabor dos nosos zumes mesturados mentres chupo e lambo limpamente.

Derrumbo na cama, co meu corpo aínda tremendo e formigueando.

Que sensación marabillosa me fas sentir contigo.

FIN

Don't miss out!

Visit the website below and you can sign up to receive emails whenever Erika Sanders publishes a new book. There's no charge and no obligation.

https://books2read.com/r/B-A-IGGS-FMQOC

BOOKS2READ

Connecting independent readers to independent writers.